poppies

goat

2
5
11
1

아ー
게임 하는 사람
어디 갔나ー
…
안 되겠다. 5, 4…
아,
닥쳐봐!

아, 찬스, 찬스.
김현재 찬스 아직 안 썼어.
?
뭐래,
그런 게 어딨어.
여깄지!
…저 루미큐브 할 줄
모르는데요…?
뭣이?
이 자식…
곡 잘 쓰는 것 말곤
쓸모가 없구만?
그거면 됐죠, 뭐…
그럼그럼!
자, 5! 4! 3!
아, 잠깐마안—!
띵동—
!

갑니다!
야!
어?
늦게 온다더니.
벨 누르길래 택배 온 줄 알았어.
미안. 이거 때문에.
왔어?
야, 최원영. 빨리 와라.

루미큐브
하고 있었구나?
뭐?
뭐, 그냥
가볍게 한판?
야, 흐름 끊기니까
다음에 다시 하자, 다음에.
야,
말은 똑바로 해.
이건 결코
가볍지 않아.
야!!
거 게임에
되게 목숨 거는구만.
쟤넨 왜 또
저런다?
아까 둘이서
괜찮은 빈티지 바지를
찾았는데, 그거 걸고 한
내기 게임이었나 봐요.

그래서 저렇게
피 튀기는구만?
근데 이건
뭐예요?
이거?
맞혀봐.
음…
아, 혹시…
저희 인터뷰?
11月
우리가
메인이라니—

나 완전
아무 말 대잔치였는데
정리 되게 잘해주셨네.
너 때문에
엄청 고생하셨다는
소문이 있더라고.
꺼져.
드러머가 드럼만
잘 치면 되지, 뭐.
힘내!
ㅋㅋㅋ
재밌다.
앞으로 인터뷰
많이 받을까 봐.
너 혼자
하셔.
다 읽었으면
슬슬 회의를 할까요?
맞다, 회의.
그거 때문에
모인 거였지.

나도 이거 아니었으면 깜빡할 뻔.
그럼 볼까?
RECORD&PLAY
4인조 밴드 poppies. 평소에 잼을 하면서 나오는 순간순간의 임기응변을 좋아했고,
거기서부터 나오는 아이디어를 놓치지 않고 곧바로 녹음에 들어가는 경우도 많았다.
그렇게 쌓인 데모 트랙만 수십 곡.
새로운 앨범 제작에 앞서 멤버들 나름으로 트랙 리스트를 고심하고 있다고 한다.
—《RECORD＆PLAY》 11월호
난 임팩트!
TRACK LIST
우리의 미친 듯한 에너지를 보여주고 싶어.

밀어붙이기형
INTRO
OUTRO
전부 우리가 신나게 쳤던 곡들로, 어때?
1. Valley rock
2. 엔터프라이즈
3. Face
11. 거미왕
12. JAM_76
듣는 사람이 나가떨어질 것 같은 느낌…?
상상만 해도 시끄러워!
그리고 무엇보다…
너만 신났던 것들이잖아!
보류
괜찮아요, 형.
저도 드럼 쳐봐서 아는데 무아지경이 될 때가 자주 있더라구요.
위로해주지 않아도 돼…
크흠

기승전결형
INTRO
OUTRO
나는 인트로를 잔잔하게 시작해서 점점 끌어올리는 전개를 생각해봤어.
4. Halloween
흠… 나쁘진 않은데 무난한 느낌?
일단 보류!
그냥 자기 노래
INTRO
OUTRO
순서도 생각해 오는 건 줄은 몰랐지.
- 7월 21일
- 매드 맥스
- 사마귀
- 잭 인 더 박스
- XYZZ
- JAM (원영 ver.)
…
퇴장도 있어…?
보류
자, 그래도 좋은 곡들도 몇 곡 있으니까. 이따 다시 한번 보자고. 다음 사람!
!
모두 동작 그만.

?
뭐야, 왜 끊어?
미안.
하지만
난 봐버렸어.
현재의
가소롭다는 표정을.
컥
제, 제가
언제요!
…뭐, 놀랄 일도
아니지.
진짜야.
표정이 딱…
이랬다니까?

에이, 치켜뜨다 보면 그런 표정이 나올 수도 있죠.
뭔가… '난 5분만 생각해도 얘네보단 낫겠다.' 하는 표정이었어.
아니야…
자, 그만그만.
음…
저는 일단 전체 앨범을 하나의 곡이라고 생각하고 짜봤는데요.
전주
1절 후렴
간주
2절 후렴
브리지
후렴2 엔딩
…을 일반적인 곡의 구성이라고 볼 때,
앨범 구성도 그 흐름에 맞게 배치를 하는 거죠.

인트로 있는 도입부가 중요한 것처럼… 첫 곡에서 힘을 약간 주고
그다음부터는 점점 고조되는 흐름 가운데
간주나 브리지로 숨을 돌리는 것처럼 강약 조절할 수 있는 곡들을 곳곳에 배치한
…그런 구성입니다.
…굉장히 탁월하네.
난 좋은데? 곡들도 다 마음에 들고.
나도. 네 말대로 뭔가… 하나의 곡 같기도 하다.
흠잡을 곳이 없어.
혹시 타이틀 곡도 정했어?
그럼요.
2. 내일의 시간
3. Love Spring
사마귀
이거요. 세 번째 곡.
엇?

3번 곡?
「Love Spring」?
그거 내 곡인데!
…또 너냐?
진짜 사람
미치게 하네.
야, 이게 왜 네 곡이니?
내 곡이지.
무슨 소리야.
아이디어는 내가
다 썼는데.
아이디어? 뭔 아이디어.
아— 설마 인트로 라인
몇 개 딴 거, 그거?
그게 다가 아니지!
그리고 그 인트로 없었으면
이 곡 안 나왔어.
그래,
인트로는 그렇다 쳐.
후렴은 누구 껀데. 어?

저… 둘이 그러지 말고
공동작곡은 어때?
공동작곡?
poppies 202X
어워드…
올해의 곡 수상자는…!
축하드립니다.
「Love Spring」의
최원영, 서찬영!
정말 축하드립니다.
요즘 번화가에서
가장 많이 들리는 곡으로
화제된 바 있죠?

감사합니다.
정말 이 상을 받게
우선 이 상이 주어지다니
너무나도 감격스럽네요.
「Love Spring」을 사랑해주신
여러분들께 감사의 말씀
전하고 싶습니다.
또 우리 든든한 리더
지원 오빠,
천재 막내 현재,
언제나 함께해줘서
고맙고,
그리고 무엇보다…
가장 친한 친구
찬영이!
찬영이의 도움이 없었다면
제 노래가 탄생하지
않았을지도 모릅니다.
…응?
고맙다, 찬영아.

제 노래라고 해서 저 혼자 만들었다고 생각하지 않습니다.
야, 그게 무슨…
뭐라고 하는 거야!
정말 모두에게 감사드려요.
아니에요! 오히려 제가 원영이의 도움을 많이 받았죠.
왜, 왜냐면…
이건 제 노래니까요!
뭔 소릴 하는 거야.
사실 따지고 보면 얘는 별로 한 것도 없어요.
야!
내 거라고!
쿵
그거 빼면 이 곡에 뭐가 남는데?
내가 아이디어 제공까진 인정해줄게. 그 이상은 넘보지 마.

연기에 가려져서 보이지도 않는 드러머 주제에…
어쩌라고, 빈 껍데기야!
아무래도 힘들겠지…?
둘이 잘 얘기하고 있어.
금방 나갔다 올게.
또 싸우지 말구요.
걱정 마~!

…
둘이 도망가는 거 맞지?
…

엇.
야.
?
이걸로 정하는 게 어때.
장난하냐.
DO JI WON

나왔다, 커피.
감사합니다.
우리 나온 지 얼마쯤 됐지?
음… 한 15분?
둘이 얘긴 잘했으려나?
글쎄요.
작업실이 무너져 있을지도 모르죠.
충분히 가능성 있어.

야.
그럼 할리갈리는 어때. 너 잘하는 거.
싫다니까?
우씌.
야, 넌 루미큐브도 싫대. 블랙잭, 할리갈리도 안 한대.
뭐, 어쩌자구. 안 정할 거야?
…
그런 얘기가 아니야.

난 보드게임 한판으로
타이틀을 뺏기고 싶지 않아.
넌 상관없을지
모르지만.
…
별로 상관없음.
전혀 상관없지는 않지,
나도.
그래서…
넌 어떻게
했으면 좋겠는데?

끝…났으려나?
글쎄… 좀 오래 나와 있긴 했다.
둘이 질리지도 않나 봐요.
질릴 것도 없지, 뭐.
둘이 워낙 오래 같이했으니까. 고등학생 때부터.
그거 알아? 걔네 학교 밴드부 할 때는 찬영이가 보컬이었대.
진짜요? 그럼 누나한테 밀린 거예요?
본인은 드럼에서 재능을 발견한 거라는데, 모르지, 뭐.

발견 못 했으면
우리 밴드 못 모였겠네요.
그렇지. 찬영이한테
고마워해야 해.
그래도 전
가끔 걱정돼요.
막 7, 8년 같이하면서
잘나가다가도…
갑자기 싸워서
흩어지는 밴드
주변에서 꽤 봤거든요.
접니다.
그런 밴드 출신.
헉, 맞다.
죄송해요.
부러 그런 건…
괜찮아.
언제 적 일인데.
밴드가 히트곡 하나로
빵 떠버린 거야.
갑자기.
근데 그 곡,
우리가 별로 안 좋아하던
곡이었거든.

엇,
히트곡이라면
…
설마
「새우 제우」?
…그래,
그거.
제목도 한…
10초 생각했나?
열심히
활동하긴 했지.
근데 다들 이해가
안 됐던 거야.
그런 곡으로 긴 무명
생활을 벗어난다는 게.
물론 이젠 알지.
음악이
원래 그렇다는 걸.
근데 그때는 그걸
몰랐거든. 5명 다.
거기까진 그럴 수 있어.
진짜 문제였던 건…
아무도…
그것에 대한 이야기를
하지 않았다는 거야.

겁을 먹은 거지. 어떻게 벗어난 무명 생활인데…
다시 돌아가기는 싫으니까.
그러다 보니 후속곡들은 점점 길을 잃고…
결국… 쌓인 게 터져버린 거야.
그렇게 빠르게 사라졌지.
전 클루가 낸 앨범들 다 좋아했는데.
야, 됐어.
확실히… 두 분 덕분에 저도 할 말을 하게 되는 것 같아요. 원래 그런 성격 아닌데.
그럼.
둘이 있어서 다행이지.

그러니까 네 말은…
일단 같이 들어보고
구간별로 따져보자?
응.
별로 진전이 안 될 것
같긴 하지만…
같이 들어보면
생각보다 쉽게
정할 수 있을지도
모르니까.
그래.
1, 2… 1, 2, 3, 4…!

뚝
?
뭐야, 왜 끊어?
음?
여기 내가 짠 거라고.
인트로.

엥?
아, 이렇게 짧게
끊어서 정리하자고?
야, 이렇게 해서
언제 다 듣게?
일단 한번
쫙 들어.
에효…

(내 파트)

vintageee__r
143 likes
vintageee__r
!
뚝-
뭐 해! 이제
여기부터 내 파트
쉿!
좋은 생각이 났어.

진짜 정한 거야?
인도적인 방법으로?
그럼. 신중한 논의 끝에 내린 결정이지.
2집 타이틀 작곡 서찬영!
누나가 양보를 했단 말이에요?
아니 그렇다는 건…
그럼그럼.
양보라기보단…
거래가 성사됐다고 봐야겠지.
그치.

거래?
자세히 밝히기는 좀 그렇고.
서로간의 이해가 맞아떨어졌다 봐야지.
…?
누나 설마…
둘이 아까 내기하던 빈티지 바지… 그거 아니죠?
…
맞아요? 에이 누나! 아무리 그래도…!
나에겐 무대의상이 더 중요해.
잠시.
도망가는 거야?
아니.
연습해야지, 연습.

스스로 연습한다고 나서실 분이 아닌데.
…
저희 연습할 땐 항상 다 같이 하자면서요.
우쒸.
그럼 빨리 오든가.
됐어.
에이 지금? 커피 사왔는데 마시고 해.
너네 도망가려고 일부러 나간 거 다 알거든?

Fin.

Interview

인터뷰어
김미래

인터뷰이
윤재안

(고향) 서울시 노원구(세 살 때 1년 정도 일본에서 살았던 시기를 제외하면 중학생 때까지는 쭉 노원구에서 살았어요. 다른 지역들에 비하면 변화가 적은 편이라 가끔 들를 때마다 어릴 적 생각이 납니다.)

(별자리) 천칭자리

(혈액형) O형

(전공) 특성화 고등학교에서 만화 전공을 하다가, 대학은 애니메이션과로 진학했습니다.

(좋아하는 것) 사케동(메뉴에 사케동이 있으면 무조건 먹어보는 것 같아요.)
혼자 영화관 가는 것(누군가와 같이 보는 것도 좋지만, 끝나고 감상을 말로 잘 이어가지 못하는 편이라 혼자 보고 나서 그냥 리뷰 보거나 하는 걸 좋아해요.)

(싫어하는 것) 여름과 굴(여름 자체보다는 여름의 더위와 습도를 싫어해요. 더위를 많이 타거든요. 여름의 이미지는 좋아하는 편입니다. 여름의 운동장, 매미 소리 같은 것들. 굴은 비린 향 때문에 입안에 넣지를 못하겠어요.)

일러스트레이션 분야에서도 활발하게 활동하지만, 한 장의 그림에서도 이야기가 그려질 정도로 공들여 캐릭터를 가공한다는 인상이다. 이는 만화라는 매체의 영향일까.

반에 꼭 한두 명씩 있잖아요, 교실 뒤쪽에서 그림을 그리는 친구. 저도 그런 학생 중 하나였습니다. (가족들 말로는) 아주 어릴 때부터 무언가를 따라 그리는 것을 좋아했다고 해요. 어쩌면 만화나 애니메이션을 만들게 된 이유가 단순히 그림 그리는 게 좋아서였을지도 모르겠습니다. 저는 다른 작가분들에 비해 생각보다 그렇게 많은 만화를 보면서 자라오지는 않았어요. 학창 시절 친구들은 다 봤던 「원피스」, 「나루토」, 「블리치」(일명 '원나블') 세 작품 다 안 봤을 정도니까요. 하지만 이야기는 항상 만들고 싶었습니다. 그러다 찾은 방법이 만화이지 않았나 해요. 다만 만화보다는 영화나 애니메이션 같은 영상물 보는 것을 좋아했는데, 그래서인지 제 만화에서 영화 연출이 느껴진다는 이야기를 간혹 듣습니다.

만화라는 매체는 꽤 독특한 위치를 점유하고 있다고 생각합니다. 글로 된 작품은 독자의 능동적인 참여를 요구하지만, 그림은 반대로 창작자의 세상을 직관적으로 보여주는 역할을 하는데, 만화는 이 두 가지 특징을 모두 지니기 때문입니다. 그래서 더 어려운 것 같아요. 어느 정도의 이미지는 독자에게 제공할 수 있지만, 제가 의도한 템포를 독자도 느끼게 하려면 연출이 적절해야 하는데, 콘티를 반복해서 보다 보면 제가 그 템포를 잃는 경우가 있습니다.

장르만화스터디라는 창작집단에서 꾸준한 신작 발표를 해오고 있다. poppies만큼이나 생산성 높은 이 모임은, 언제 어떻게 시작된 것인지?

페이스북으로 전부터 페이지를 만들어 일러스트를 업로드하고 있었지만, 만화에 대한 갈증은 줄곧 있던 것 같아요. 고등학생 때 그린 만화들은 봐주신 분들이 많지 않았기 때문에, 대중의 평가가 궁금하기도 했습니다. 그래서 고등학생 때부터 친했던 잔디롤빵 작가님과 조금씩 이야기를 나누다가, 평소 장르물을 좋아했기에 여러 장르에 대한 연구를 해보자는 의기투합으로 탄생시킨 팀이 장르만화스터디 SIS입니다. 현재는 저와 잔디롤빵, 서글, 그리고 쏘키, 이렇게 네 작가님이 참여하고 있습니다. 네 사람 모두 활발하게 개인 활동을 하기에, 마감 날짜를 대략적으로 정하는 것 외에는 특별한 규칙을 두고 있지 않습니다. 작품 업로드가 끝나면, 몇 주 내에 멤버들이 모여서 회의 후 다음 장르를 정하고, 그 장르에 대한 이야기를 나누는 식입니다. 즉, 작품 업로드가 늦어질수록 모임을 가지는 주기가 길어지게 되지요.

작업자로서 최적의 공간과 시간을 이야기한다면.

우선 집은 절대 아닙니다. 요즘은 '일단 밖으로 나가자!'라는 마인드를 습관화하려고 노력해요. 자주 가는 동네 카페가 있어요. 자전거로 2분 정도 걸리는 거리인데, 너무 크지도 않고 사람이 많지도 적지도 않은 공간이라 집중하기 제격입니다. 그 시간에 카페를 가서인지는 모르겠지만 저녁 식사 후 7~11시 사이가 작업 효율이 가장 높은 시간대인데요. 그 뒤부터는 집중력이 급격히 떨어집니다.

한편 일이 아주 안 될 때는 빗소리를 듣습니다. 최고의 백색소음이 아닐까 싶은데, 안정적이면서도 적당한 소음이 몰입하기 쉬운 환경을 만들어줍니다. 하지만 집중도 안 되는데 피곤하기까지 하다면… 그 빗소리는 숙면 사운드로 탈바꿈하기에, 그럴 때는 극약처방으로 서태지 4집을 듣는답니다.

윤재안이라는 필명을 쓰게 된 계기가 궁금하다.

예전에는 '윤빛머리'라는 이름으로 블로그에 조금씩 그림을 올리곤 했습니다. 초등학생 때 잠깐 불린 별명이거든요. 이름이 '윤'으로 끝난다는 이유에서 생긴 것이지만, 별로 마음에 들지는 않았습니다. 그러다 페이스북에 페이지를 만들면서, 새로운 이름을 붙여보고 싶었어요. 이런저런 이름을 떠올리다가, '아무 의미 없어 보이는 이름이고 싶다.'라는 생각이 들어서 그냥 본명을 거꾸로 뒤집었습니다. 실제로 만나면 헷갈려하는 분들이 많아서, 지금 와서는 그냥 제 본명을 쓸 걸 그랬나 싶지만, 바꾸기엔 조금 늦은 것 같습니다. 재안과 재윤을 오가는 삶을 살고 있어요.

꽤 많은 수의 만화를 만들었지만, 책의 형태로 구할 수 있는 작품은 드물다. 출판을 염두에 두거나 두지 않는 작품에 기준이 있는지?

SIS라는 팀을 만든 큰 이유 하나가 대중 앞에 제 만화를 보이고 싶다는 것이었기에, 출판을 염두에 두고 시작하지는 않았어요. 그럼에도 전반적으로 페이지 만화의 형식을 띠는 이유는, 웹과 출판을 딱히 구분 짓지 않고 '내가 익숙하게 해왔던 것을 하자.'라는 마음이 컸기 때문입니다. 다만 업로드한 작품들이 많아지면서, 실제로 만져지는 결과물로 남기고 싶은 작품들이 생기더라고요. 제 작품들 중에서도 유독 다시 보게 되는 작품들이 있습니다. 당시 어떤 생각을 하며 작업을 했었나 더듬어보며 스스로도 몰랐던 의도나 질문을 발견하게 되는 작품도 있고, 또 어떤 작품은 그냥 재밌어서 계속해서 눈이 가기도 하고요. 이런 작품 모두를 언젠가 출판하고 싶다는 생각을, 막연하게나마 하고 있습니다.

첫 클라이언트잡은 무엇이었나.

전부터 간간히 여러 외주 작업을 했지만, 제 아트워크를 내세워서 하게 된 첫 외주 작업은 2019년 말에 오픈을 앞둔 아디다스 홍대 브랜드센터를 위한 전시용 일러스트였습니다. 서울의 여러 배경사진 위에 아디다스 의상을 입고 운동하는 캐릭터를 그려 넣고, 큰 액자에 이미지들을 퍼즐처럼 배치하는 작업이었어요. 평소에 사람들의 일상적인 모습을 그리기 좋아했기에 재밌게 작업했습니다. 제 오리지널 작품으로 받은 첫 외주잖아요. 그것 자체만으로도 큰 보람이 됐던 것 같아요. 타이트한 일정, 평소에 다루지 않는 역동적인 자세나 근육을 묘사해야 한다는 어려움이 있었지만, 크게 스트레스 받지 않았습니다.

poppies의 최초 아이디어

이 시리즈의 첫 일러스트는 보컬 포지션에 있는 원영의 클로즈업된 얼굴이었습니다. 당시 Lamp라는 일본 밴드의 음악을 무한반복 재생할 만큼 좋아하고 있었는데, 그들의 앨범 중에서도 특히 좋아하던 앨범의 커버가 겨울 바다 사진이었어요.(이 책 속에도 작업실 벽에 붙어 있는 포스터로 등장합니다.)→6 page 앨범의 전반적인 분위기를 형성하는 데 앨범 커버는 무척 중요한 역할을 한다고 생각하는데, 이 앨범은 들을 때마다 한적하고 추운 날씨를 환기합니다. 약간의 저음질과 LP 특유의 스크래치 소리가 들리는 듯 빈티지한 무드가 전해지기도 하고요. 이런 분위기들이 혼합된, 필름카메라로 찍은 듯한 겨울의 모습을 상상했는데 참 좋더라고요. 그런 이미지의 앨범 커버가 없을까 하다가, '그냥 내가 그리자!' 하는 생각에 그린 그림이 첫 번째 작품이 되었네요. 그때는 이렇게 나름 큰 프로젝트가 되리라고는 생각지 못했어요.

「poppies」라는 밴드만화, 카테고리가 명확하고 좁은 것 같지만, 한편 어마어마한 시리즈가 될 것 같다는 기대감이 든다. 밴드음악과 만화, 빈티지패션이라는 키워드의 매력을 영업한다면.

대중이 밴드음악에 매료되는 큰 이유 하나는 그것이 청각뿐 아니라 시각적으로도 만족감을 주기 때문이라고 생각해요. 세션음악은 보컬 혹은 메인 악기에 집중할 수 있게 연출하지만, 밴드는 멤버들 각각의 캐릭터가 부각되는데, 개성이 저마다인 인물들의 합주를 볼 때 느껴지는 쾌감이 있거든요. 물론 밴드만화에는 정작 음악이 없다는 게 큰 모순이죠. 온전히 독자의 상상에 맡겨야 하는데, 그 상상을 돕는 데 각 캐릭터의 역할이 무척 중요해요. 캐릭터가 잘 보여야 그 인물들이 뭉쳤을 때의 사운드를 상상할 수 있을 테니까요. 밴드만화도 결국 사람 이야기이기도 하고요.

제가 빈티지패션에서 느끼는 가장 큰 매력은, 패션 스타일의 거의 모든 스펙트럼을 포괄한다는 점이에요. 잘만 찾으면 각자가 추구하는 취향을 모두 실현할 수 있기 때문에, 개성을 보여주기에 안성맞춤이죠. 비슷한 스타일이라도 동일한 제품인 경우가 드무니까요. 밴드음악과도 이 부분에서 분명히 맞닿아 있습니다.

그림 그리는 일을 하면서 생긴 인연이나 우연적인 사건이 있다면?

저는 주변에서 볼 법한, 흔히 데일리룩이라고 부르는 차림의 인물들을 상상하며 그리기를 좋아하는데, 그런 방식을 좋게 봐주셨는지 선데이오프클럽이라는 스트릿브랜드에서 콜라보 의뢰가 왔어요. 첫 작업은 19/20 겨울 시즌의 의상 컬렉션을 일러스트로 그리는 것이었습니다. 옷을 좋아하기 때문에 정말 재미있게 작업한 기억이 나요. 이후에는 의상 그래픽디자인에 직접 참여하는 등 몇 번의 작업을 함께하게 되었지요. 사장님과 만나서 작업도 여러 차례 했는데, 그동안 궁금했지만 저에겐 미지의 영역이었던 패션 시장에 대한 이야기도 들어보고, 같은 창작의 영역에서 비슷한 고민을 하고 있다는 사실도 접하게 돼서 굉장히 흥미로웠습니다.

혼자 일하는 사람으로서 자기 관리, 즉 나라는 고용인과 나라는 피고용인 사이를 조정하는 방식은 어떤가.

최근 가장 고민되는 부분입니다. 원래는 작업할 때에도 미루고 미루다 더 이상 미뤄선 큰일이 난다 싶으면 그때서야 시작하는 게 습관이었어요. 그래서 컨디션도 뒤죽박죽이고 작업 막바지에 이르면 며칠씩 쪽잠만 자면서 작업하곤 했습니다. 몇 년 전까지는 이런 패턴으로 일해도 괜찮았지만, 최근에는 일이 늘어나고, 해마다 체력도 떨어지는 게 느껴져서 힘들더군요. 그래서 요즘은 하루에 조금씩이라도 손을 움직이려고 합니다. 위에서 상술했듯이, '일단 밖으로 나가기'를 실천해요. 나가서 작업하게 되면, 그 하루 동안 좋은 결과물이 없더라도 자책감은 덜어지지 않나 싶습니다. 작업 막바지의 밤샘은 여전하지만, 결과적으로 작품의 퀄리티는 높아진다고 생각합니다.

또 최근 들어서 꼭 지키려고 하는 것이 생겼습니다. '순서대로 작업하기'. 작업을 하다 보면 싫증이 나는 순간이 꼭 오기 마련입니다. 그리기 싫은 컷이나 장면을 마주하게 되면 뒤로 미루고 다른 장면에 먼저 손을 대게 됩니다. 문제집 풀 때 쉬운 문제부터 푸는 것처럼요. 하지만 그러다 보면 막바지, 가장 컨디션이 좋지 않을 때 싫은 부분들만 해야 하는 상황에 맞닥뜨립니다. 정해놓았던 스케줄이 엉망이 되는 건 물론이에요. 그래서 그저 차분하게 하나하나 밟고 넘어간다는 생각으로 순서대로 하는 습관을 들이려 노력하고 있습니다.

「poppies」에서 가장 마음에 드는 장면은 무엇이고, 그 페이지를 그리면서 어떤 기분이 들었는지 궁금하다.

바로 생각나는 컷 하나가 있습니다. 6쪽 첫번째 컷인데요, 원영(보컬)이 찬영(드럼)과의 내기 게임에서 수세에 몰리던 중 울린 벨소리를 핑계 삼아 도망치는 장면입니다. 원영이가 걸어 나가지 않고 파쿠르하듯 소파 뒤로 뛰어 넘어가는데, 이 컷에서 원영의 동세를 그릴 때 꽤 재밌었어요. 세로로 긴 컷 모양도 마음에 듭니다. 원영이만의 어딘가 튈지 모르는 막무가내 성격을 드러내주는 컷이기도 하고요. 같은 맥락에서 38쪽의 마지막 컷도 재밌게 그렸습니다. 머릿속에선 그리기 어려울 것 같던 동세가 막상 생각한 대로 나와서 만족감이 높았습니다.

poppies 친구들은 회차를 거듭하면서, 나이를 먹을까?

한 번도 생각하지 못했던 부분이에요. 잘은 모르겠지만 어느 정도는 현재의 모습을 유지하지 않을까 싶습니다. 여러 에피소드형 애니메이션들처럼요. 현재로서는 우리에게 익숙한 지금의 캐릭터들이 마음에 들거든요. 좋은 음악가나 밴드를 발견하게 되면 보통 처음에는 특정한 하나의 앨범을 반복해서 듣게 되잖아요? 그러다 점차 전후 앨범을 찾아 듣게 되는데, 그러다 보면 좋을 때도 있지만 뭔가 아쉽다는 기분이 들어요. 처음의 충격이 희석돼서일 수도 있겠지만, 어쩌면 발견한 앨범이 나왔을 그 당시의 아티스트와 다른 시기의 아티스트는 어떤 식으로든 달라져 있기 때문일 수도 있겠다는 생각이 듭니다. 오랜 기간 활동하면서, 성숙해가면서 생기는 다양한 변화들이 음악에 그때그때 반영되니까요.

저는 poppies라는 밴드에 어느 정도 인지도가 생겼다는 설정으로 이야기를 만들었지만 신예밴드인 만큼 아직 안정되어 있지 않다고 생각합니다. 오히려 그런 점이 좋아요. 멤버들 사이에서 느껴지는 약간의 불안과 긴장을 가져가고 싶기 때문에, 앞으로도 신예였으면 해요.

음악을 고르는 권한이 주어지는 카페에서 일하는 로망이 있다고 했는데, 이 작품을 보는 사람에게 들려주고 싶은 배경음악이 있다면.

위에 잠시 소개해드렸던 밴드 Lamp의 「恋人へ(For Lovers)」를 추천합니다. 이번 작품에 비해선 조금 잔잔하게 들리실 수 있지만, 처음에 poppies를 시작하게 된 이유와 깊은 연관이 있으니까요. 여러 과정을 거치면서 poppies는 좀 더 캐주얼해졌는데, 이전 일러스트들을 보면서 들으셔도 좋을 것 같네요. 올겨울 눈이 많이 내리는 날이 있다면, 산책하면서 들어보시기를 권합니다.

또 하나 추천해드리고 싶은 앨범이 있는데, 바로 JUDY AND MARY의 「Fresh」라는 히트곡 컴필레이션이에요. poppies 멤버들의 전반적인 분위기를 잡는 데 가장 영향을 많이 준 밴드죠. JUDY AND MARY의 통통 튀는 와중에 느껴지는 세기말적인 분위기, 귀여우면서도 파워풀한 보컬, 옷 스타일 등 많은 부분에서 영향을 받았습니다. 이외에도 Superorganism, 세이수미 등 많은 여성보컬 밴드 음악을 즐겨 들으면서 떠오른 이미지들이 종합된 결과물이 현재의 poppies인 것 같습니다. 시간 나시면 다 들어보셔요.

poppies

포피스

1판 1쇄 펴냄 2020년 12월 2일
1판 3쇄 펴냄 2023년 2월 2일

글/그림. 윤재안
편집. 김미래
디자인. 황석원

펴낸이. 김태웅
펴낸곳. goat
출판등록. 2016년 6월 1일
제2018-000235호
주소. 서울시 마포구 백범로48, 2F

Printed in Seoul
ISBN 979-11-89519-29-2 (03810)

FSC

goat는 종이를 별미로 삼는 염소가
차마 삼키지 못한 마지막 한 권의 책을
소개하는 마음으로 알려지지 않은 책,
알려질 가치가 있는 책을
선별하여 펴냅니다.

jjokkpress.com
jjokkpress